Ye

4190

LE
JOUJOU

DES

DEMOISELLES.

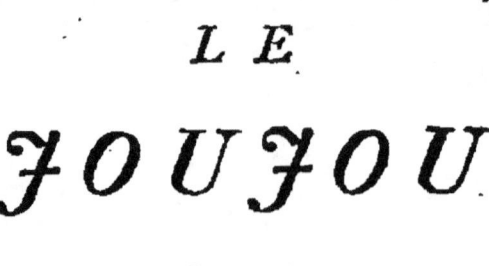

À LONDRES,

—

Chez JEAN-NICAISE LE PLAT,
Libraire François.

1753.

AVANT-PROPOS.

QUi dit *Joujou*, dit amufement innocent qui fait rire & paffer agréablement un quart d'heure, fans qu'il en réfulte rien de fâcheux pour la Perfonne qui s'en occupe ; & je fuis perfuadé que tant que de jeunes Demoifelles n'auront en main d'autres babioles, leur Maman ou leurs Surveillantes ne doivent point s'en inquiéter.

En effet, que peut-il réfulter d'un conte plaifant, d'un bon mot ? Une gayeté qui diftrait du férieux féduifant de la fleurette. Je dirai avec de la Fontaine :

Je craindrois bien plutôt que la cajolerie
   Ne mît le feu à la maison.
Chaſſez les ſoupirans, Belles, liſez ce livre;
   Je répons de vous corps pour corps.

Que les jeunes Perſonnes du beau Sexe agréent donc cette badinerie comme un meuble de toilette, comme un flacon de liqueur propre à relever leurs charmes par la bonne humeur & l'enjoûment; c'eſt, dis-je, une eſſence qui a la vertu d'animer la vivacité de leur teint, & de diſſiper les reſtes d'une mélancolie cauſée par des nuits ſolitaires, dont Apollon leur fait préſent par les ordres de l'Amour.

LE JOUJOU des DEMOISELLES.

Les Pucellages.

APRès leur mort où vont les Pucellages?
En Paradis? ils tenteroient les Saints.
Descendent-ils sur les sombres rivages?
Si bon morceau n'est fait pour les Malins.
En Purgatoire? ils l'ont fait en ce monde.
Dessous les mers? ils dessecheroient l'onde.
Où vont-ils donc? Aux Limbes, le séjour
Des innocens; ces lieux sont leur patrie.
Quand Pucellage abandonne le jour,
A peine sait-il ce que c'est que la vie.

Le laid Visage.

SIncophoron aussi laid qu'un Diable,
Fait des enfans aussi beaux que l'Amour.
Sur quoi certaine Dame aimable
Lui demandoit un jour:
Comment cela se peut? C'est, dit le Personnage,
Que je n'en fais point avec mon visage.

La Marmote.

MA petite Marmote eſt faite au badinage:
Quoiqu'elle ait pris naiſſance en un pays ſauvage,

On peut aiſément l'approcher;
Et lorſqu'une main careſſante
La flatte & daigne la toucher,
Elle eſt docile & complaiſante.
A peine ai-je pourtant dequoi
Me nourrir de pain noir ⬤ fruits & de laitage;
Tandis que mainte Iris, plus heureuſe que moi,
A dans le même gout gagné ſon équipage.

Le Trop & le Trop peu.

ELle vous aime bien; mais quoi!
De vous épouſer elle n'oſe,
Damis; car Bélize a dequoi,
Mais vous avez trop peu de choſe.

La Querelle appaisée.

CLéon poussé d'amour folâtre,
Regardoit à son aise un jour
Les jambes, plus blanches qu'albâtre,
De Lise, objet de son amour.
Tantôt il s'adresse à la gauche,
Tantôt la droite le débauche.
Je ne sais plus, dit-il, laquelle regarder,
Une égale beauté fait un combat entre elles.
Ah! dit Lise, ami, sans tarder,
Mettez-vous entre deux pour finir leurs querelles.

Le petit Amour.

LE Dieu d'Amour se pourroit peindre
Tout aussi grand qu'un autre Dieu,
N'étoit qu'il lui suffit d'atteindre
Jusqu'à la piéce du milieu.

A iv

La Devise de Margot.

POur chaque état chaque devise:
Vaincre ou mourir, est celle des Héros:
Courte priére & long repos,
Fut & sera pour Gens d'Eglise:
Toujours à table ou sur le dos,
Est celle que Margot a prise.

Le Mal-adroit.

TRop haut tu le mets, innocent,
Disoit Alix à Nicodême:
C'est un peu trop bas maintenant.
Parbleu, dit-il, mets-le toi-même.

L'Amour au guet.

CEssez; quelle ardeur vous transporte?
Céladon, y pensez-vous bien?
Si quelqu'un survenoit! Iris, ne craignez rien:
L'Amour veille pour nous; il fermera la porte.

La Chambriére.

UN jour que Madame dormoit,
Monſieur baiſoit ſa Chambriére;
Mais elle qui la danſe aimoit,
Remuoit fort bien le derriére.
La Galante, enfin toute fiére,
Lui dit : Monſieur, par voſtre foi,
Qui le fait mieux, de Madame ou de moi?
C'eſt toi, dit-il, ſans contredit.
Vraiment, dit-elle, je le crois,
Car tout le monde me le dit.

Le Gaſcon.

DE Peſenas un Citoyen fidéle
Diſoit à une jeune Jouvencelle;
Qu'il avoit dans un jour dix fois donné l'aſſaut.
Alix l'oyoit : Mon bon Ange, dit-elle,
Que je voudrois avoir ce qui s'en faut!

Le Jeu d'Amour.

Deux Dames près d'une riviére
.Parloient d'Amour & de son jeu.
Il est beau, se dit la premiére,
Mais le plaisir dure trop peu;
Et puis l'action ordinaire
Est si sale après la façon.
Ma foi, répondit la derniére,
Court & vilain, mais il est bon.

La Ménagére.

Qu'il fait bon vivre de ménage,
Et que c'est un grand héritage
D'avoir un peu d'entendement.
J'en prens à témoin ma Parente;
.Un lit de cent francs seulement
Lui vaut six cens écus de rente.

Le Caca.

LUcas revenant au logis
Avec plusieurs gens de sa sorte,
Dit à Pierrot dessus sa porte:
Où ta mere est-elle, mon fils?
Elle est dans la chambre prochaine,
Dit-il, avec un Capitaine.
Pourquoi n'y restes-tu donc pas?
Ils vont faire ça ça, mon pere;
Car j'ai vu qu'il trouffoit ma mere,
Et qu'il avoit fes chauffes bas.

La Peine inutile.

TU voudrois bien rétrécir à Fortienne
De quelques points le bas de son corset;
Mais non, cela ne feroit point d'effet,
Il est par trop usé pour que le fil y tienne.

Le Curieux impertinent.

CErtain Meûnier eut la folie,
Sa femme étant affez jolie,
De lui faire jurer fa foi,
S'il n'étoit point de ceux que l'on montroit au doigt.
Tu n'en es point, répondit-elle,
Je t'ai toujours été fidéle,
Et n'ai jamais aimé que toi.
Je te crois ; mais ferois-tu bien affez fincére,
Fanchon, fi je l'étois, d'avouer la vérité ?
Nenni, ma foi, dit la Meûniére.
Femme n'a fur cette matiére
Jamais fait un'aveu avec fincérité.

L'Evêque in partibus.

PRès de Théréfe, jeune fille
Alerte, fringante & gentille,
Un Prélat, fuppôt de Cypris,
Sentoit fouléver fa mandille.
Déja de fa Grandeur les doigts faints & bénis
Vifitoient les endroits d'amour les plus chéris.
Que faites-vous, lui dit Théréfe?
Quel égarement ! quel abus!
Moi, dit l'Evêque *in partibus*,
Je vifite mon Diocéfe.

La Vertu du Froc.

UN homme étoit *de frigidis* :
On l'affuble du froc d'un Moine.
Grand Dieu ! quel changement depuis!
Il exploite plus qu'un Chanoine.

Le Pucellage feint.

Quand vous feignez d'être pucélle,
Vous me croyez un innocent:
A l'âge où vous êtes, la Belle,
Un Pucellage eft indécent;
Et tout de bon je vous protefte
Que quand vous en auriez eu cent,
Je ne croirois pas maintenant
Que vous en eufliez un de refte.

Les Cocus.

Dans notre voifinage, où l'on voit tant d'abus,
Difoit Lucas à fon Compere,
Sans vous compter , combien comptez-vous de
cocus?
Comment, fans me compter! reprit l'autre en co-
lére.
Ne vous mettez point en courroux,
Dit Lucas, je n'ai pas prétendu vous déplaire.
He bien! en vous comptant, combien en comptez-
vous?

Les Enfans de Payfans.

AH! que voilà de beaux enfans!
Difoit un grand Seigneur au gros Colas leur père;
Qu'ils font frais, gaillards & puiffans!
Nous autres, gens de Cour, nous voyons, au
 contraire,
Les nôtres délicats, foibles & languiffans,
Toujours mal-fains & toujours blêmes.
Comment faites-vous donc, vous autres Payfans?
Pargué, Monfieur, nous les faifons nous-mêmes.

Le vieux Chapeau.

QUi, diable, t'a donné ce chapeau de cocu?
 Je ne te l'ai point encore vu,
Difoit à fon Fermier un Juge de Bergame.
 C'eft, dit l'autre, fauf votre honneur,
 Un de vos vieux chapeaux, Monfieur,
Que vient de me donner Madame votre femme.

Le Petit-Maître.

UN Petit-Maître étoit fort amoureux,
Depuis six mois, de la belle Angélique :
Il étoit riche, & l'on souffroit ses vœux ;
Mais à la fin, faut-il que l'on s'explique,
Vint un beau jour que le pere lui dit :
Beaucoup d'honneur vous faites à ma fille ;
Mais sur quel pied, demande la famille,
La voyez-vous? Moi, sur le pied du lit.

Les Armes de Vénus.

VEnus manioit près de Mars
Son casque , son glaive & ses darts,
Armes de défense & d'attaque.
En voici, lui cria soudain
Le pétulant Dieu de Lampsaque,
De plus propres pour votre main.

Le Souhait raisonnable.

AUx yeux de mon Jaloux, non, rien ne me
dérobe :
Si je feins un besoin dans tel appartement,
Pour pareille raison, il y vole à l'instant :
Je crois qu'il me suivroit jusqu'à la garderobe.
  Quoiqu'il en coute à mon repos,
  Le lit, enfin, j'ose le dire,
  Est l'endroit seul après lequel j'aspire
Pour n'avoir pas sans cesse un Mari sur le dos.

Conseil d'Ami.

AVec ce chef blanc, & ces yeux
 Bordés de rouge & chassieux,
  Tu voudrois prendre une compagne ?
  Cher ami, tu n'y penses pas.
Quand la neige une fois a couvert la montagne,
  L'Amour est froid aux Pays bas.

B

Le Bégue.

UN Bégue voulant d'une Dame
Les bonnes graces aquerir,
Et lui montrer l'ardente flâme
Dont amour le faifoit mourir,
Etant au bout de fa harangue,
Ne pouvant plus remuer la langue,
Il eut recours à fon outil;
Puis le montrant d'yeux & du gefte:
Madame, excufez-moi, dit-il,
Ce porteur vous dira le refte.

Le petit Chien qui fecoue des pierreries.

Conte de la Fontaine.

QUe des pattes d'un chien il tombe des ducats:
C'eft un vrai tour de Fée, un prodige incroyable;
Mais un cœur qui tiendroit contre un pareil appas,
Ce feroit un prodige encore moins vraifemblable.

Le Guet.

Dans un verger, Lubin avec Nicole,
Pour n'être pris, tandis qu'il exploitoit,
Contre un pommier tout debout la bricole,
Si que chacun de son côté guêtoit.
Or, dans le tems que plus il la pointoit,
Nicole pâme; & lors toute éperdue,
Dit à Lubin qui toujours rabotoit:
Guête tout seul, car j'ai perdu la vue.

La Servante justifiée.

Conte de la Fontaine.

Afin que ta femme, Damon,
Ne soupçonne point Alizon,
Tu la caresses, tu la baises.
Ah! que d'Epouses seroient aises
D'êtres dupes de leurs maris
Tous les matins au même prix!

Du Devin de trois Demoiselles.

TRois femmes un jour difputoient,
Quels en l'amoureux exercice,
Les meilleurs inftrumens étoient
Pour favourer plus de délices.
L'une prifa affez le moyen,
Et dit, c'eft ce qu'elle défire :
L'autre, qui entend le combien,
Dit que le long n'eft pas le pire :
La tierce, plus jeune des trois,
Dit : Au gros j'ai la foi jurée ;
Car il n'eft feu que de gros bois,
Et flamme de groffe bourrée.

Epigramme.

UN Mari frais dit à la Demoiselle :
Souperons-nous, ferons-nous le déduit ?
Faifons lequel il vous plaira, dit-elle,
Mais le fouper n'eft pas encore cuit.

Le Diable de Papefiguière.

Conte de la Fontaine.

MA foi, Sire Lutin, tu fus un très-grand fot,
Quand au premier afpect de certaine ouverture,
Tu cherchas aux Enfers une retraite fûre,
Qui pût te garantir des griffes de Philipot.
On trouve plus de cœur parmi nous autres hommes,
 Loin de fuir tous tant que nous fommes,
Plus nous confidérons cet endroit délicat,
 Plus nous fommes prêts au combat.

Les Troqueurs.

Conte de la Fontaine.

AFin de réveiller leurs flammes,
 Ces Villageois troquent des femmes.
 C'eft avec efprit en agir.
 Le chemin qui mène au plaifir
 De la manière la plus fûre,
 Veut que l'on change de monture.

Jupiter en Taureau.

Jupiter, amoureux d'Europe,
Sous diverses formes envelope
Sa coquette divinité;
Et pour tâcher de plaire à la jeune Beauté,
Il en entreprend la conquête
Comme un Dieu, comme un Homme, & puis
comme une Bête.
Le Dieu réussit mal auprès de ses appas;
L'Homme pour la séduire eut d'inutiles flâmes;
Mais (& cela soit dit à la gloire des Dames)
Le Taureau ne la manqua pas.

Les Filles D***.

La moitié, tout au moins, des filles de nos jours
Sont des espéces altérées,
Qui ne laissent pas d'avoir cours,
Quoiqu'elles soient souvent rognées.

Les Femmes font toujours prêtes.

D'Où vient, difoit un jour Janot à Peronelle,
Qu'en amour vous goutez plus de plaifir que nous,
Et que c'eft nous pourtant qui courons après vous ?
  Il eft bien aifé, fe dit-elle,
D'en deviner la caufe ; on la voit tous les jours.
    He ! pauvres haires que vous êtes,
    C'eft que nous fommes toujours prêtes,
    Et que vous ne l'êtes pas toujours,

Les Filles de joie.

BElles jupes, beaux cotillons
On remarque aux filles de joie ;
Tout le refte eft en guenillons :
Grands manchons, fouliers, petite oie.
Alix dit que c'eft la raifon
Que fon devant foit le plus lefte,
Puifqu'il eft maître en la maifon,
Et qu'il fait aller tout le refte.

Pan & Sirinx.
Métamorphoses d'Ovide.

A L'aſpect du Dieu Pan , Sirinx pâle & trem-
blante,

En invoquant les Dieux, ſe plonge au fond des eaux.

Un front cornu , ſans doute , a cauſé l'épouvante

Dont elle ſemble encore trembler ſous les roſeaux.

Hideux étoit jadis tel ornement de tête :

Les choſes changent bien , eut-on dix pieds de crête,

Il n'eſt Belle à préſent, qui d'un œil aguéri,

Ne les vit en riant, même ſur ſon Mari.

Le Diable en Enfer.
Conte de la Fontaine.

Quand Ruſtic pour matter la chair,

Veut qu'Alibek mette en Enfer

Le Diable de la Paillardiſe;

Dans l'excès du zéle qu'elle a,

Ne ſemble-t'il pas qu'elle diſe,

Je voudrois qu'il y fût déja?

La Vendeuſe de citrons.

UNe fille d'un doux maintien,
Vendoit un jour des citrons doux.
Un jeune homme lui dit : Combien,
Belle fille, les vendez-vous?
Je les vends, dit-elle, cinq ſous.
Cinq ſous, dit-il, cinq coups de V...
Tenez, Monſieur, ils ſont à vous,
Mais je ne fais point de crédit.

La Taſſe caſſée.

TU me bailles du pied au cul!
Par la ſangoi, gros Jean, fais-tu
Que tu pairas ma foi la taſſe?....
Oui, c'eſt bien dit, ſi je la caſſe;
Mais je n'en devrois que moitié,
Car elle étoit fendue avant le coup de pied.

La Femme de bon appétit.

UNe jeune Marchande étoit
Qui toujours beaux habits portoit,
Aimant à se voir, brave, leste, pimpante:
Ce n'est pas là chose fort surprenante.
Jeunes Marchandes sont d'une nation
Qu'on voit avoir même inclination.
Cependant pour fournir à sa folle dépense,
Il falloit beaucoup de finance.
Habits neufs si fréquens ne se font pas pour rien.
Tout cela retomboit sur le dos du bon homme,
Qui voyoit à regret diminuer son bien;
Sa femme lui coutant tous les jours quelque somme.
Enfin, un jour il se fâcha.
Elle lui demandoit pour avoir une jupe.
Quoi! ma femme, dit-il, me prenez-vous pour dupe?
He! vous épuiseriez les trésors d'un Bacha.
Oh! ma foi, ne vous en déplaise,
Si ce train continuoit encor,
Vous me mettrez bien à mon aise:
Il m'en coute par-là plus de dix louis d'or
Pour chaque fois que je vous baise;
Je ne veux plus être si fou.
Vraiment, vous me la baillez belle:
Baisez-moi si souvent, dit-elle,
Qu'il ne vous en coute qu'un sou.

Naïveté amoureuse.

UN couple amoureux s'exerçoit
Au jeu d'amour dans un bosquet,
Croyant n'avoir que les Driades
Pour témoins de ses accolades.
Au plus fort du trémoussement
Quelqu'un parut : Ah! dit l'Agent,
Fuyons.... Nenni, répond la Belle,
Vas ton train. Mais on nous verra.
Eh! qu'importe, repliqua-t'elle,
Je ne connois pas ces gens-là.

La Sœur zélée.

EN lieu bien clos trouvant une Nonette,
Crac, sur le cul Pere Mathurin la jette;
Puis aussi-tôt se met en oraison.
Mon Pere, hélas! que je chéris ce zéle!
S'il vous reprend pour l'exercer, dit-elle,
Comptez toujours sur la Sœur Alizon.

Femme semblable aux mules.

CErtain gaillard , Docteur en sûs,
Dit que femme & mule sont de même nature,
Fantastiques à la monture,
Et bondissant toujours sitôt qu'on est dessus.

Portrait d'Iris.

Épigramme.

L'Autre jour épanchant cette liqueur divine,
Dont nos plaisirs & nous, tirons notre origine,
Iris qui s'inondoit de ses aimables flots,
Fit une si charmante mine,
Que l'Amour s'écria : Vite, qu'on la dessine
Pour mon cabinet de Paphos.

A une laide Pu....

CAtin, vous m'excitez en vain;
Ne me touchez pas davantage :
Ce que vous faites de la main,
Vous le défaites du visage.

Epigramme.

UN Cordelier au coche se trouvant
Près d'une Brune assez vive & gentille,
Ne disoit mot, mais cependant le Drille
La regardoit, non sans désir ardent.
De son côté la Dame l'agaçant:
Pere, dit-elle, on diroit qu'avez honte:
Réveillez-vous, faites-moi quelque conte
Pour m'ebaudir, sans vous faire prier.
Pour conte, non, dit le Moine avec flâme;
Mais beaucoup mieux, si vous vouliez, Madame,
Je vous ferois un petit Cordelier.

Objection sans réplique.

CE fut pour pisser seulement
Que le Seigneur fit nos andouilles,
Dit un Carme à son Pénitent.
Celui-ci répond: Et les C......

Oraison pour la Brûlure.

Assis en un banquet, un moderne Prélat

Galamment à quelqu'un voulut servir d'un plat;

Mais trouvant le bord chaud : Que le Diable t'em-
porte,

Chien de plat, cria-t'il avec un air fâché;

Fichu plat, & le mot fut tout outre lâché.

Oyant un *Oremus* grignoté de la sorte,

Une Dame appella un Laquais & lui dit :

Apporte l'écritoire, la Verdure,

Monseigneur voudra bien me donner par écrit

Son Oraison pour la brûlure.

La Vieille amoureuse.

Tout le monde autrefois courut
Après la petite Ragonde;
A son tour la Vieille est en rut,
Elle court après tout le monde.

Le Remords inutile.

Nicolas de trop près ayant vu Jaqueline,
Il en parut foudain un tendre fruit d'amour.
Son Curé, foit par zéle ou par humeur chagrine:
Quelle honte, leur dit-il, enfans du noir féjour!
Eft-ce ainfi qu'on fe livre à l'éternelle flâme?
Quoi! lui dit Nicolas, j'en aurois des remords?
Ma Jaqueline & moi, n'avons fait que le corps;
Et fi c'étoit un mal, Dieu n'eut pas bouté l'ame.

Les Dévotes.

O Vous! qui recherchez l'honneur d'un pucel-
          lage,
Galans, n'en jugez pas fur les airs du vifage.
Ces dévotes Beautés qui vont baiffant les yeux,
Sont celles bien fouvent qui déduifent le mieux.
Telle, d'un air dévot, vous impofe & vous dupe,
Qui pour fon Directeur cent fois leva la jupe;
Et lorfqu'elle a fermé la porte & le volet,
Pour un Godemiché quitte fon Chapelet.

Les Seins découverts.

LEs Dames qui, au tems paſſé,
Vouloient tant couvrir leur viſage,
Cette coutume ont délaiſſé
Pour de leur ſein nous faire hommage.
Si elles continuent cet uſage,
Découvertes juſqu'à l'arçon,
Sus, ſus, Meſſieurs, prenons courage,
Nous leur verrons bientôt le C...

Les Viſites à contre-tems.

VOus voulez, Galans ſans cervelle,
Voir du matin Liſe chez elle;
Attendez, jeunes étourdis;
Ne la preſſez pas davantage:
Quoique Liſe ait pris ſes habits,
Elle n'a peut-être pas encore ſon viſage.

Pro-

Promesse effectuée.

JE sais, mon Cher, à quoi l'honneur m'en-
gage,
Dit une jeune Veuve à son nouvel Epoux
   Deux jours après le mariage :
Je dois vous mettre à l'aise, ainsi rassurez-vous.
   Je suis déja trop convaincu, Madame,
Répond Damis d'un air moins passionné que froid,
   Qu'en m'engageant à vous prendre pour femme,
   Ce n'étoit point pour me mettre à l'étroit.

Folie de courir la mer.

COurir les mers pour quelque pierrerie,
Est, selon moi, la plus grande folie,
Disoit Gregoire en sablant du vin gris
   A l'ombre d'un épais feuillage ;
   J'ai le nez couvert de rubis.

C

Sur les Femmes qui montrent leur sein.

A Votre avis, celle qui va
La gorge toute découverte,
Fait-elle pas signe par-là
Qu'elle voudroit être couverte?

Autre.

MAdame, cachez votre sein
Avec ce beau tetin de rose;
Car si quelqu'un y met la main,
Il y voudra mettre autre chose.

Autre.

LEs Dames qui montrent leurs seins,
Leurs tetins, leurs poitrines nues;
Doit-on demander si tels Saints
Demandent chandelles menues?

Epigramme.

DEs Elémens ce corps est composé,
Mais toutefois d'une façon étrange;
Car chacun d'eux à son siége est posé
Distinctément & sans aucun mélange.
L'Air a choisi en la tête son lieu;
La Terre aux pieds; & l'Eau dans la poitrine,
Le Feu qui prend sa part vers le milieu,
Brûle le C.. & la place voisine.

Autre.

JEanne cajolant ma franchise,
Discourt des humeurs d'un chacun;
Et tranchant de la bien-apprise,
Fait deux morceaux d'une cérise,
Et d'un V.. elle n'en fait qu'un.

C ij

La Fille prudente.

Damis fait un bel homme, & Philemond eſt
  laid;
Damis eſt fort petit, Philemond grand, bien fait;
  Ainſi lequel préférez-vous, ma fille?
  Diſoit Cloris à l'aimable Camille,
    Qui pour lors parcourant des yeux
    Les longs membres, la longue taille,
    Du plus grand de ſes amoureux:
  Gentil minois n'eſt pas choſe qui vaille,
Dit-elle ingénûment, je ſuis pour Philemond,
    Si le tout, ma Bonne, y répond.

Le bon Mari.

De tes enfans tu te crois être pere,
  Jean, & tu fais bien, ſelon moi;
  Le mariage eſt un miſtére
  Qui demande beaucoup de foi.

Épigramme.

Madelon n'est point difficile
Comme un tas de Mignardes font,
Bourgeois, & gens sans domicile,
Sans beaucoup marchander, lui font....
Un chacun qui veut la racoutre,
Pour raison, elle dit un point:
Qu'il faut être Putain tout outre,
Ou bien ne l'être du tout point.

Autre.

L'Almanach dit pour le certain,
Qu'un prompt rhume doit cette année
Ravir la plus grande Putain
Qui depuis que Vénus est née,
A mis son corps à l'abandon.
Allez à confesse, Rénée,
De peur de mourir sans pardon.

C iij

Le Joug d'Amour.

Jadis Alix écoutoit ses Amans;
   Elle bouilloit d'être en ménage;
Maintenant elle crie après le mariage,
   Regrette l'âge de quinze ans,
Et déplore son sort le long de la journée.
Mais sa mauvaise humeur la quitte avec le jour;
C'est qu'Alix ne se plaint que du joug d'himenée,
Et ne trouve léger que celui de l'Amour.

Épitaphe.

J'Ai vêcu sans souci, je suis mort sans regret;
Je ne suis plaint d'aucuns, car je ne plains personne.
De savoir où je vais, c'est un trop grand secret,
Je le laisse à juger à Messieurs de Sorbonne.

Épigramme.

UN Avocat voulant aller aux champs,
Dit à son Clerc qu'il lui graissât ses bottes,
Qui au grenier avoient été long-tems
Pleines de poudre, & couvertes de crottes.
Alors son Clerc lui dit tout promptement:
Si l'on les veut faire amollir en hâte,
Il les faut mettre au trou tant seulement
De votre femme, où hier mon instrument,
Là! devint mol comme un morceau de pâte.

Autre.

VOyez un peu ce médifant,
Qui plus vain qu'un vieux courtisan,
Dit que Philis au beau corsage,
Lui a donné son pucellage;
Mais, Messieurs, ne le croyez pas,
Nul ne donne ce qu'il n'a pas.

C iv

Épigramme.

AU Dieu d'Amour une Pucelle
Offroit un jour une chandelle
Pour en obtenir un Amant.
Le Dieu sourit à sa demande,
Et lui dit : Belle, en attendant,
Servez-vous toujours de l'offrande.

Autre.

AU sortir de se confesser,
Catin se laissa bricoler
Par le bon Pere Jérémie ;
Et le contant à son Amie :
Fi, dit-elle. Eh! reprit Catin,
Il faut bien aider son prochain.
Oui, répond l'autre créature ;
Mais lorsque c'est un Capucin,
C'est un péché contre nature.

Le bon Doigt.

UN Jacobin des plus officieux,
Sur ses genoux chatouilloit une Abbesse;
Et tôt après le bon Religieux
En pâmoison fit tomber la Prêtresse;
Et profitant du moment de foiblesse,
Il lui glissa son fringant éguillon.
Otez-moi donc ceci, Pere Hilarion,
Dit la Nonain. A quoi le bon Apôtre
Lui repartit : Point tant d'émotion,
Prenez toujours, ce doigt-ci vaut bien l'autre.

Placet.

DE notre servante Nanon,
Que le devant soit sale ou non,
Elle est condamnée à l'amande.
Mais douze francs! c'est l'écorcher;
La pauvre fille vous demande
Que vous la fassiez décharger.

Sur un Prodigue.

MOn cher Monſieur Alixetére,
Vite, au ſecours, ou mon maître eſt en biére.
Une indigeſtion.... Calme-toi, ce n'eſt rien,
Dit ſavanment le ſuppôt de Galien.
Le Malade en ſanté faiſoit-il grand'chere?
Depuis un mois, dit le valet dolent,
Il a mangé trois grands arpens de terre.
Vas, qu'il en boive tout autant,
Je le garantis hors d'affaire.

Épigramme.

LOuiſon étant fort jeune, & n'étant pas fort
belle,
Vivoit en ſûreté dans ce ſiécle maudit;
Mais ſes douces chanſons l'ayant miſe en crédit,
On vit de mille Amans une foule chez elle:
Ce fut là ce qui la perdit,
Et ſa voix fut ſa Maq.......

Question, & la Décision.

TRois Rivaux voyant leur Maîtresse,
Que l'on vient de blesser au sein;
Aussi-tôt l'un tombe en foiblesse;
L'autre court après l'Assassin ;
Le troisiéme bande la plaie:
Par ce moyen chacun essaie
De montrer qui l'aime le mieux.
Si mon avis on me demande,
Je dirai, sans être ennuyeux,
Que je suis pour celui qui bande.

Le Cocuage.

ADmirez le malheur des gens
Que le cocuage tourmente.
Un homme âgé de soixante ans,
En a fait Cornard un de trente.
Cela nous prouve évidenment
Qu'un Mari vaut moins qu'un Amant.

Épigramme.

JE n'entens pas ces beaux difcours
Dont vous voulez qu'on vous cajole;
Car quand ce vient au jeu d'amour,
Pour moi je n'ai qu'une parole:
Je fais, des difcours me moquant,
Aux fleurs de bien dire la nique;
Je ne fais point de rhétorique,
Mais mon V.. eft fort éloquent.

Autre.

LIfette jure affurément
Qu'autre part point ne s'abandonne
Qu'à fes amis fidélement.
Je le crois; car elle eft fi bonne,
Je m'en rapporte à fon ferment,
Qu'au monde elle ne hait perfonne.

Epitaphe.

CI gît Jâques le plus infame
De tous les cocus du Bordeau,
Qui vouloit qu'on .... ût fa femme,
Pourvu qu'il en fût Maq......
Il fut à chacun favorable,
Tant qu'il vêcut par l'univers;
Or, qu'il eft avec le Diable,
Il eft Maq....... des Enfers.
Il eft mort, non d'un coup de lance,
Mais, helas! d'un coup de patin,
En difputant la préférence
Avec Madame Dumoulin.
Les Maq....... triftes & mornes
D'un fi piteux événement,
L'ont mis dedans un tas de cornes
Jufques au jour du jugement.

Épigramme.

JE ne dors de toute la nuit ;
Et ce n'eſt ni douleur ni bruit
Qui du ſommeil m'ôte l'uſage ;
C'eſt que je ſonge, mes amis,
Ce que Jeanne aime davantage,
Ou mille écus, ou mille V...

L'Horloge.

ALix à pleine main tenoit
Le m..che à Thibault qui frétille ;
Thibault du C...carillonnoit,
Quand Alix tournoit la cheville.
Vilain, vous pétez, dit la fille.
Quoi ! dit Thibault ſans s'étonner,
Penſes-tu tant toucher l'éguille
Sans faire l'horloge ſonner ?

Tombeau des jeunes Courtisannes.

DEnise d'un chacun pleurée,
Repose deſſous ce tombeau,
Qui au doux jeu de Cytherée
Conſomma ſon âge plus beau;
Et s'adonnant à l'exercice,
Elle commença dès huit ans,
Avec une douce malice,
De rendre ſes Amans contens.
Si jouant toujours cette farce,
Elle eut plus longuement vêcu;
C'eût été la plus docte Gar..
Qui donna jamais coup de cul.

L'Amateur de Muſique.

JE voudrois bien, belle Brunette,
Voyant votre ſein rondelet,
Jouer deſſus de l'épinette,
Et au-deſſous du flageolet.

La Porte cochére.

JE comptois fur toute autre chofe,
Difoit Dave en exploitant Rofe :
Sans accrocher, un Fiacre entreroit là-dedans.
Vous vous plaignez, Monfieur ; dit Rofe en femme
    fage,
De ce que j'ai pour vous ouvert les deux battans ;
C'eft que je vous croyois un plus gros équipage.

Chacun à fon tour.

AU-deffus du tendre Atila
La belle Alix prend place à table ;
Mais au lit ce n'eft plus cela,
L'Epoux complaifant & traitable,
Céde fes droits tant qu'il fait jour ;
L'Epoufe, en femme raifonnable,
La nuit fe foumet à fon tour.

Epi-

Épigramme.

UN jour le bon vieillard Thibault,
Encore vaillant de fa perfonne,
Ayant le V.. & le cul chaud,
Fourbiffoit la belle Alifonne.
Or, comme le Galant l'enc....
Lui dit d'affez bonne façon:
Vraiment, Mignonne, je m'étonne
Que vous n'avez du poil au C..
Lors en grondant comme un cochon,
La Belle répond toute émue:
He! qu'eft-il befoin de bouchon,
Où la taverne eft bien connue?

La Prifonniére.

ALix qu'on trainoit prifonniére,
A fa mere dit fans rougir:
Ne vous chagrinez point, ma mere,
Je me ferai bien élargir.

D

Épigramme.

UNe femme jeune épousée
S'enquit d'une vieille rusée.
Dites, ma mere, à votre avis,
Les hommes font-ils si ravis
Quand ils ...tent? & ont-ils bien
Autant que nous d'aise & de bien?
Je crois, répond la M. querelle,
Que leur douceur est toute telle;
Mais elle passe comme vent.
Je m'étonne donc, dit la Belle,
Qu'ils ne nous ...tent plus souvent.

Autre.

COntre toute loi naturelle,
Vous renversez les droits humains:
La plus jeune est la M. querelle,
Et la plus vieille, la ..tain.

Épigramme.

Nous sommes légers, dites-vous,
Et vous vous plaisez à déduire;
Tout bien compté, de vous à nous,
Il n'y a qu'une lettre à dire;
Car nous changeons souvent d'avis,
Et vous changez souvent de V...

Autre.

Quelqu'un un jour au tripot de soulas,
Dedans le trou deux fois le V.. il chasse,
Et le tiers coup il se trouva si las,
Que contraint fut de cracher sur la place.
La Dame alors, qui ce beau jeu pourchasse,
Lui dit : Eh fi! que vous êtes vilain.
Non suis, dit-il; mais je marque la chasse,
Pour achever la partie à demain.

Épigramme.

UNe Dame allant dans son coche,
Aux champs avec son Amant,
Hors les fauxbourgs il vous l'embroche,
Et vous l'enfile alégrement.
Elle qui se voit détenue,
Crie pendant un si doux jeu :
Ah! Dieu, si cela continue,
Le chemin nous durera peu.

Autre.

COmme un Ecolier se jouoit
Avec une belle Pucelle,
Pour lui plaire hautement louoit
Sa grace & beauté naturelle;
Ses tetons qui la rendoient belle,
Et son petit cas qui tant vaut.
Ha! Monsieur, adonc se dit-elle,
On y mettra ce qu'il y faut.

Le Songe.

Couchée auprès de mon Amant,
Au quatriéme embraſſement,
Toujours campée à la renverſe,
Je m'endors aſſez promptement.
Un rêve vient à la traverſe;
Je crois tenir un gros ſerpent,
Non ſerpent engourdi rampant;
Qui plus eſt, je ſens qu'il s'allonge
De près d'un pied; oui, ſans menſonge.
Je m'éveille dans le moment,
Croyant bien que j'étois perdue,
Je tenois effectivement
Celui dont Eve fut mordue.

Déménagement.

UNe Nimphe jeune & gentille,
Par un matin déménageoit :
Pour son petit meuble de fille
Grande voiture ne falloit ;
Un seul Crocheteur suffisoit.
Au carrefour elle prit Blaise,
Garçon robuste & des mieux faits,
Il mit le lit sur ses crochets,
Puis à chaque corne une chaise,
Prit la Bergame sous son bras,
Sous l'autre la nappe & les draps ;
Et se sentant encore à l'aise,
De la main droite prit le seau,
De la gauche le pot à l'eau :
Lors allongeant, ne vous déplaise,
Ce qu'on ne dira point ici :
Parbleu, dit-il, prenez ceci,
Mademoiselle, & grimpez-y,
Aussi-bien n'ai-je point de voiture ;
Et sans croter votre chaussure,
Je vais vous emporter aussi.

Epigramme.

Margot s'endormit fur un lit
Une nuit toute découverte;
Robin, fans dire un mot, faillit,
Il trouva fa lanterne ouverte,
Mit fa chandelle au plus profond.
Robin, ta chandelle fe fond.
Non fait, dit-il, c'eft une goute,
Qu'en s'allumant elle dégoute,
Qui fait la lanterne animer.
Viens, Robin, quand on ne voit goute,
Souvent ta chandelle allumer.

Autre.

Il tranfit, il fait le fidéle,
Il fuit fa Maîtreffe par-tout;
Mais il peut bien mourir debout,
S'il ne couche ailleurs qu'avec elle.

Réméde pour les Hémorroïdes.

Pour ce bobo qui vous gâte la bouche,
J'ai, belle Iris, un beaume souverain ;
Un doux baiser, mieux qu'une large mouche,
L'emportera, je gage, avant qu'il soit demain.
Quoique sur sa vertu j'aie quelque scrupule,
    Répond Iris, si j'ai jamais pourtant
    Hémorroïdes ou fistule,
Je vous promets, Monsieur, d'en user à l'instant.

La jeune Vieille.

Malgré tout l'art & tous les soins
Que, pour vous réparer, vous mettez en usage,
    Cloris, on dit que, pour le moins,
Vous avez cinquante ans plus que votre visage.

Le Fouet.

A L'âge de douze ans, pour certain grave cas
   Que je fais, & ne dirai pas,
   Life du fouet fut menacée.
A fa maman, juftement courroucée,
   Life répondit fiérement :
   Vous avez tout lieu de vous plaindre,
   Mais pour le fouet tout doucement,
Je fuis d'âge à l'aimer, & non pas à le craindre.

L'Éguille marine.

M Agette eft fille fort honnête ;
   Et fi ce n'eft un jour de Fête,
   Elle a toujours l'éguille en main ;
   Mais c'eft une éguille marine,
   Qui fert à trouver le chemin
   Sur l'océan de fon urine.

Tramontane perdue.

COlette étoit prête de rendre l'ame,
 Sa gorge enfle & son teint pâlit;
 George seul, au chevet du lit,
 Alloit voir trépasser sa femme.
Il appelle au secours, il sort, trouve Babeau,
 La jette sur un escabeau,
 Et par trois fois notre Gaillard s'enflamme.
 Nanon survint, qui les prend sur le fait:
 Qu'est-ce? comment? vit-on jamais, dit-elle?
 Motus, reprit la servante avec zéle,
Mon maître est si troublé, qu'il ne sait ce qu'il fait.

Épigramme.

L'On ne s'enquert jamais d'une chose certaine.
Pour vous vous désirez de savoir pour certain,
Si je suis toujours fou, comme chose incertaine;
Mais je ne m'enquers pas si vous êtes putain.

Epigramme.

M Auregard rempli d'imposture,
Et les Astrologues vantés,
Ont été par toi consultés,
Pour savoir ta bonne avanture.
Ils ont prédit que tu serois
Un jour plus haut que les Rois;
Et voici qu'on te méne pendre.
N'ont-ils pas dit la vérité?
Car tu t'en vas si haut monté,
Que nul ne veut si haut prétendre.

Autre.

E Lle est sourde, ainsi comme un sourd,
A ceux qui lui parlent d'amour.
Mais touchez-lui son petit centre,
Cela s'endure doucement;
Et pour écouter un Amant,
Elle a l'orèille au bas du ventre.

Conte.

Pierre & Margot, pleins de luxure,
Batifolant à l'encoignure
D'un paſſage, où maint ſurvenant
Eût pu les voir ſe démenant;
Pierrot ſans ſoins ni prévoyance,
Avec ſon engin rubicond,
Veut, ſe dit-il, entrer en danſe;
Mais Margot peureuſe répond :
Si quelqu'un nous voyoit aux priſes?
Le monde eſt gauſſeur & malin;
Il faut nous garrer des ſurpriſes.
Le Ruſtaud, pourſuivant ſon train,
Dit : He bien! j'aurai l'œil à gauche,
Toi, viſe à droite. Elle y conſent.
Il vous la trouſſe, & la pouſſant
Contre une borne, la chevauche.
La Ribaude à ces durs aſſauts,
Remuant & croupe & gigots,
Et ſentant venir la déroute :
Ho! dit-elle en roulant les yeux,
Pierrot fait le guet pour nous deux,
Car pour moi je n'y vois plus goute.

Impromptu à Madame de B..... qui travailloit à un meuble de tapisserie, où elle faisoit entrer quatre couleurs, le bleu, le rouge, le blanc & le noir.

DEs yeux j'ai vu l'azur, des lévres le corail,

Dieu d'Amour, pour moi quelle aubaine !

Si par un plus ample détail,

Tu me fais aller de l'ivoire à l'ébaine !

F I N.

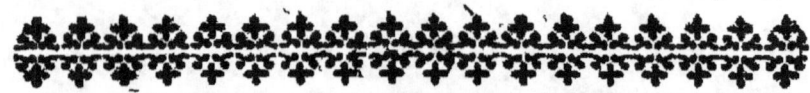

TABLE.

TABLE.

Fin de la Table.